BDSM-Freunde

Komplette Reihe

Erika Sanders

BDSM-Freunde
Komplette Reihe
Erika Sanders

Herrschaft und Erotische Unterwerfung

Zusammenfassung

Erika schlägt vor, in ihrer Beziehung zu ihrem besten sexy dominanten männlichen Freund noch einen Schritt weiter zu gehen...

BDSM-Freunde ist ein Roman mit starkem erotischem BDSM-Gehalt und wiederum ein neuer Roman aus der **Herrschaft und Erotische Unterwerfung**, einer Reihe von Romanen mit einem hohen romantischen und erotischen BDSM-Gehalt.

(Alle Charaktere sind 18 Jahre oder älter)

Anmerkung zum Autorin:

Erika Sanders ist eine international bekannte Schriftstellerin, die in mehr als zwanzig Sprachen übersetzt wurde und ihre erotischsten Schriften, weit entfernt von ihrer üblichen Prosa, mit ihrem Mädchennamen signiert.

Index

BDSM-FREUNDE
KOMPLETTE REIHE
ERIKA SANDERS

TEIL 1

Es war ein Tag wie jeder andere gewesen.

Abgesehen davon, dass es das nicht war. Heute war etwas Besonderes. Heute war der Tag, an dem mein bester Freund Richard auf dem New Yorker Campus sein würde, um eines seiner Jurastudium-Abschlüsse zu machen. Wie jedes Mal, wenn er auf meine Seite des Hudson River kam, schrieb er mir schließlich, ich solle mit ihm zu Abend essen. Geben Sie ihm ungefähr eine halbe Stunde Zeit, um den Test zu beenden, und seine Einladung würde auf meinem Telefon erscheinen.

Ich strich mit den Fingern über meine Oberschenkel und ließ sie bis zum Rand meines gestutzten Busches reichen, bevor ich wieder nach unten ging. Nur ein bisschen necken, um mich aufzuwärmen. Ich brauchte es nicht, nicht nach all den Kanten und Hänseleien, die ich mir in der vergangenen Woche angetan hatte. Meine Muschi war fast ständig undicht und meine Brustwarzen waren seit Ewigkeiten nicht mehr weich gewesen. Trotzdem musste ich mich so heiß wie möglich machen, bevor ich heute Abend ging. Mein Plan war es, so geil zu sein, dass die Lust meine Angst vor Zurückweisung übertönte, als ich endlich versuchte, aus der Friendzone auszubrechen.

Ich bin normalerweise nicht so ein Weichei. Ich bin eigentlich sehr selbstbewusst und kokettiere dreist mit allen anderen auf der Welt. Aber vielleicht ist das nur die Freiheit der Gleichgültigkeit. Es ist mir egal, was eine schnelle Affäre von mir denkt, solange sie mich runterholen. Richard... nun, er ist anders. Ich wollte weit mehr als nur einen schnellen Fick von ihm. Ich wollte, dass er für mich empfindet, was ich für ihn empfinde. Und obwohl er mir nie etwas anderes als Positivität und Respekt gezeigt hat, hat er auch nie versucht, über das bloße Freundesein hinauszugehen. Und er ist der Typ Mann, der das tut, was er will.

'Vielleicht hat er mich deshalb nie angefasst', dachte ich bei mir und schaute über meinen unzüchtig gespreizten Körper. „Ich bin eher ein Typ als ein Mädchen. Ich bin chaotisch und kratze mich in der Öffentlichkeit. Ich kleide mich bequem und hasse es, Make-up zu tragen. Ich verbringe meine ganze Freizeit im Fitnessstudio, spiele Videospiele oder mache Pornos. Das sind die bestimmenden Merkmale von Männlichkeit, oder? Oh ja, und ich wurde von meinem besten Freund gefriendzoned . Mädchen sollten nicht von ihren männlichen Freunden in die Friendzone geschickt werden, oder? Ich bin mir ziemlich sicher, dass es umgekehrt sein sollte.'

Ich habe nicht den typisch femininsten Sanduhrkörper. Mit 5'11" war ich etwas größer als die meisten Typen, mit denen ich erfolglos ausgegangen war. Eine lebenslange Liebe zum Basketball und das Gefühl, mich fit zu fühlen, hatten meine Muskeln etwas besser definiert, als die meisten Frauen es sich erlauben. Perfekte Form dafür seine Teamkameraden zu verführen ... aber weit entfernt von den zarten Schönheiten, mit denen Richard im Laufe der Jahre ausgegangen war.

Wenn die Dinge schlecht liefen, war es nicht gerade so, als hätte ich einen bündigen sozialen Kreis, auf den ich zurückgreifen konnte ...

'Hör auf damit! Hör auf, so ein Wermutstropfen zu sein.' Das war der Grund, warum ich mir endlich diesen Plan ausgedacht hatte, um diesen negativen Teil von mir auszuschalten. Ich brachte meine Hände zu meinen Brüsten. Verdammt, ich fühle mich unweiblich, meine Titten sind verdammt geil. Ihre C-Körbchenmasse füllte meine Hände vollständig mit angenehm weiblichem Gewicht. Sicher, ihre Größe stand meinem aktiven Lebensstil manchmal im Weg, aber die Freude, die sie mir bereiteten, machte das mehr als wett. Als ich mit meinen Handflächen leicht über meine

Brustwarzen strich, zitterte ich und mein Atem ging schwerer. Ich versuchte, meine Liebkosungen weich und neckend zu halten, aber schon bald stellte ich fest, dass ich meine Brust nach vorne stieß und meine Brustwarzen so fest drückte, wie ich es ertragen konnte. Fast Zeit für das Hauptereignis.

Meine externe Festplatte hätte es wahrscheinlich auf die Liste der Gründe schaffen sollen, warum ich im Grunde ein Typ bin. Nicht viele Frauen, die ich getroffen habe, haben Pornos im Wert von 226 Gigs heruntergeladen. Andererseits war das nicht meine Schuld. Das war alles Richards Werk, und es zeigte genau, warum unsere Freundschaft nie das war, was man als typisch platonisch bezeichnen könnte. Selbst sieben Jahre später brachte mich die Erinnerung daran, ihn getroffen zu haben, und unsere frühe Verbundenheit immer noch zum Lächeln. Es war so typisch Richard... selbstbewusst, ohne überheblich zu sein, fest, ohne aggressiv zu sein, seine Anziehungskraft hatte mich so leicht angezogen.

Ich war nicht sehr gut darin, in der High School Freunde zu finden. Es war schwer, eine Gruppe zu finden, die mich akzeptierte. Die Gamer-Clique schien nicht zu wissen, wie sie mit jemandem umgehen sollte, der mit Brüsten League of Legends spielen wollte. Die männlichen Sportler würden niemals mit oder gegen mich auf Hochtouren spielen, obwohl ich ähnlich groß oder größer war als die meisten von ihnen. Und natürlich hätte ich lieber eine Ader geöffnet, als alles zu tun, was nötig war, um mich in die grundlegenden Hündinnen der weiblichen Mainstream-Highschool-Kultur einzufügen.

Nicht dass ich eine weibliche Einzelgängerin gewesen wäre. Ich hatte Freunde, aber sie fühlten sich eher als Nischenrollenspieler denn als persönliche Verbindungen an. Zum Beispiel haben Heather und ich uns gegenseitig am Videospiel-Jucken gekratzt, aber wir waren beide zu introvertiert und unbeholfen, um uns sehr nahe zu kommen. Ich war in der Mädchen-Basketballmannschaft , hatte aber Probleme, mit einer meiner weiblichen Mannschaftskameradinnen eins zu eins zu werden, ohne den Anschein von Übung zu erwecken. Um es kurz zu machen, ich habe mich nie wirklich akzeptiert gefühlt, weil ich mehr als nur ein Teil von mir war. Ich habe mich sehr an mein eigenes Unternehmen gewöhnt und eine stachlige, zynische Persönlichkeit entwickelt, die viele Menschen abgestoßen hat.

Bis ich eines Tages im Abschlussjahr zufällig Richard als Partner für ein Sozialstudienprojekt zugewiesen wurde, in dem es darum ging, wie sich die jüngsten technologischen Veränderungen auf langjährige Traditionen, Organisationen oder Branchen ausgewirkt haben.

Ich hasste Gruppenprojekte. Jeder hasst Gruppenprojekte. Die einzigen Leute, die sie mögen, sind seelenlose Extrovertierte, die dazu bestimmt sind, irgendwo in einer Personalabteilung zu arbeiten. Schlimmer als ein Gruppenprojekt ist natürlich nur eines mit jemandem, der beliebt ist. Vor allem, wenn es ein beliebter und heißer Junge ist. Alle beliebten Leute, mit denen ich je zusammen war, waren aufreizend selbstgefällig und herablassend gewesen. Hinzu kamen die eifersüchtigen Blicke der anderen Mädchen und ich war ernsthaft genervt.

Wir bekamen die letzten paar Minuten des Unterrichts, um uns mit unseren Partnern zu beraten.

Richard war sehr beliebt. Er hatte den Ruf, in fast jeder Gruppe zu Hause zu sein. Und er war auch ernsthaft heiß. Er kleidete sich etwas besser als es die High School verlangte und war ein oder zwei Zoll größer als ich. Ich sah ihm nach, wie er durch den Raum zu meinem Schreibtisch ging, und war beeindruckt, wie sein kurzes dunkles Haar sein Gesicht zu umranden schien, um seine Kinnpartie deutlich zu betonen. Dadurch wirkte sein Lächeln sehr aufrichtig und warm, als würde er Sie einladen, an einem Witz teilzunehmen, den nur Sie und er kannten.

"Worüber siehst du so glücklich aus?" fragte ich, als er an meinem Platz ankam. Wie ich schon sagte, stachelige Persönlichkeit.

„Ich habe auf eine Gelegenheit wie diese gewartet! Dieses Projekt ist perfekt." Ich zuckte zusammen, weil ich dachte, es wäre eine wirklich seltsame Anmache. Nur ein weiterer Typ, der versucht, in meine Hose zu kommen.

"Tut mir leid, aber das musst du besser machen."

" Oh komm schon, erzähl mir nicht, dass du nicht nach der perfekten Entschuldigung gesucht hast, um ein Schulprojekt über Pornos zu machen." Ich habe eine doppelte Aufnahme gemacht. '... Okay, das ist neu.'

"Ähm... was?" Sein Lächeln wurde leicht verschmitzt, aber er fuhr in einem völlig ernsten Ton fort.

„Pornos waren jahrzehntelang formelhaft. Sie folgten einem etablierten Drehbuch von wenig bis gar keinem Vorspiel, Blowjob und Hardcore-Penetration in zahlreichen unwahrscheinlichen und unbequemen Stellungen bis zum letzten Geldschuss. Heutzutage bekommt so etwas nur sehr wenige Aufrufe. Die Nachfrage ist groß jetzt höher für realistischere Darstellungen von Sex, besonders für Amateure, die sich auf weibliches Vergnügen konzentrieren. Früher kauften die Leute DVDs mit generischen Szenen auf jeder. Jetzt gibt es Hunderte von Subreddits, die bestimmten Kinks gewidmet sind. Was hat sich geändert? Ist es einfach die Anpassung an das Internet? Ist es mit einer wachsenden Zuschauerzahl und einem vielfältigeren Publikum verbunden? Liegt es daran, dass es mehr Anbieter gibt, die versuchen, eine wettbewerbsfähige Nische zu finden? Es muss genug Material für eine Zeitung darin geben. Was denken Sie?"

Mein Kiefer war fast auf dem Boden. Er meinte es vollkommen ernst. Er war einfach auf mich zugekommen, hatte bei meiner Unhöflichkeit nicht geblinzelt, fing an, intellektuell über Pornos zu sprechen, und schien berechtigterweise daran interessiert zu sein, was ich zu sagen hatte. „Dude hat Eier. Das muss ich respektieren.'

„Es hört sich so an, als hättest du dir viele Gedanken darüber gemacht", stammelte ich.

„Habe ich", bestätigte er. „Ich interessiere mich dafür, was Menschen bewegt. Und ich, pubertärer Teenager, es scheint, dass wenig die Menschen so tief bewegt wie Sex."

"Er ist ein wortreicher." Das Klassenzimmer war ausgeräumt und die nächste Klasse kam herein. Ich packte hastig meine Bücher in meine Tasche. „Nun, vielleicht ist es nicht dasselbe, aber ich wette, es wird wegen Pornos mehr beidhändige Menschen geben."

"Wirklich? Warum ist das so?"

"Nun, du brauchst eine Hand, um mit der Maus zu arbeiten, und eine, mit der du wichsen kannst." Ich versuchte, seinem intellektuellen Ton zu entsprechen, schaffte es aber nicht ganz und lachte am Ende. Es überraschte mich, das hatte ich nicht sagen wollen. Ich hatte vorgehabt, irgendetwas darüber zu murmeln, dass ich zum Unterricht gehen und wegrennen müsste. Und noch eine Überraschung, er war nicht verrückt und lachte mit mir.

„Vielleicht hast du recht! Vielleicht können wir das in den abschließenden ‚Vorwärtsblick'-Abschnitt einbauen . Und genauso plötzlich, wie er gekommen war, war er auch wieder weg.

So begannen Richard und ich, uns zu verbünden – über Pornos. Wie gesagt, keine normale platonische Freundschaft. Alles natürlich im Namen der Bildungsforschung für unser Projekt.

Okay, vielleicht haben wir nach dem Ende dieses Projekts weitergemacht, auf das wir übrigens 100 gekommen sind. Er schickte mir einen Link zu etwas Heißem und ich versuchte, etwas Heißeres zu finden, hin und her und versuchte, den anderen stundenlang zu übertrumpfen. Es dauerte nicht lange, bis wir wirklich verstanden, was einander antreibt.

Richard war ein dominanter. Er kam davon ab, „seine" Frauen zu kontrollieren und sie ihm gehorchen zu lassen. Ich weiß das, weil er es mir gleich am Anfang gesagt hat. Ich fragte, worauf er stehe und er sagte mir buchstäblich: „Ich bin dominant. Ich fühle mich erregt, die Kontrolle zu haben und mit jemandem zusammen zu sein, der meine Kontrolle akzeptiert." Okay, vielleicht hat er es ein bisschen anders formuliert... aber trotzdem. Er sagte es so sachlich, als wäre es die natürlichste Sache der Welt.

Damals war ich nicht im Geringsten weiblich pervers. Trotzdem kam mir Richards Geschmack nicht komisch vor. Ich hatte das Gefühl, dass es so sein sollte, er hat mir immerhin ziemlich sadistische Scheiße gezeigt , aber das tat es wirklich nicht. Ich konnte ihn nicht verurteilen, weil ich zum ersten Mal in meinem Leben das Gefühl hatte, dass mich jemand wirklich akzeptierte. Richard umarmte den Teil von mir, der ein Nerd sein und von Mistborn träumen wollte . Er ermutigte den Teil von mir, der hyperkonkurrenzfähig sein und Feinde auf dem Basketballplatz und in der Kluft der Beschwörer vernichten wollte. Er verstand den Teil von mir, der manchmal in Ruhe gelassen werden wollte. Er stellte mir Fragen und gab mir das Gefühl, dass ich wahrheitsgemäß antworten könnte – dass er wirklich meine volle unverblümte Ehrlichkeit wollte. Er gab meiner inneren Schlampe einen sicheren Hafen , um herauszukommen und nicht verurteilt zu werden oder sich bedroht zu fühlen. Und, vielleicht am wichtigsten, er verstand, dass nur weil ich manchmal eine totale Schlampe bin, das nicht bedeutet, dass ich ihn wirklich hasse.

Langsam, fast unmerklich für mich, wurde ich von BDSM angemacht. Ich vertiefte mich tiefer in das Thema und versuchte, neues Material zu finden, das ihn anmachen würde. Er wiederum fütterte mich mit einer stetigen Knickdiät. Eine Diät, die auf mich zugeschnitten war. Zum Beispiel identifiziere ich mich als bisexuell, aber ich werde wirklich nur für eine bestimmte Art von Frau nass. Jemand, der sehr stark ist und mich begeistert. Es ist schwer zu beschreiben, aber ich weiß es, wenn ich es sehe, und er auch. Ich habe mich verliebt, als er mir Queensnake zeigte. Sie und all ihre Models sind verdammte Göttinnen der körperlichen Ausdauer, mentalen Disziplin und emotionalen Stärke. Meine Augen waren Zentimeter vom Bildschirm entfernt und beobachteten, wie sie einen Schlag nach dem anderen nahm und es schaffte, jedes Mal wieder aufzustehen. Ich glaube, ich war noch nie in meinem Leben so nass. Ich habe sie so sehr bewundert und wollte so stark sein.

Aber es war nie wirklich sexuell zwischen uns. Wir haben nie darüber gesprochen, zu masturbieren oder die Models ficken zu wollen oder abzusteigen oder so. Wir sagten „das ist heiß" oder sprachen darüber, was wir daran mochten oder nicht mochten, aber auf eine eindeutig nicht sextingen Weise. Am Anfang war es großartig, weil es das Ganze für mich sicher erscheinen ließ. Ich konnte einen tabuisierten Teil von mir jemandem gegenüber ausdrücken, der nicht nur versuchte, in meine Hose zu kommen.

Aber dann wurde mir klar, dass ich Richard in die Hose machen wollte. Dann hörte es auf, ganz so toll zu sein. Bis dahin hatten wir unseren Abschluss gemacht und besuchten verschiedene Colleges in drei Bundesstaaten. Unsere Beziehung hat sich entwickelt. Wir sahen uns nur online oder in den Ferien zu Hause. Der pornografische Teil unserer Dynamik verlangsamte sich dramatisch bis zu einem eventuellen Stopp, als wir beide anfingen, miteinander auszugehen. Nun, er hat sich verabredet. Ich warf mich auf jeder Party auf den heißesten Körper.

Nichtsdestotrotz war es ein enorm prägender Teil meines Lebens, und unsere gesamte alte Geschichte der Instant-Messenger-Gespräche wurde auf meiner externen Festplatte gespeichert. Jahrelange Links, Downloads und Erotik blitzten vor meinen Augen auf, als ich sie auf meinen Laptop lud. Im Laufe vieler vergnüglicher Nächte hatte ich alles in Ordnern für Iconic Chats, Goddesses, Submissive Fantasies, Romantic Gay, Friends to Lovers (ein besonders schuldiges Vergnügen von mir) und Dutzenden mehr sortiert. Manchmal möchte ich etwas Zufälliges, manchmal etwas Bestimmtes. Bei der Arbeit hatte ich an diesem Tag peinlich viel Zeit damit verbracht, über ein Lieblingsvideo zu träumen.

Meine Finger tauchten in meine Muschi, als ich auf „Amateur gibt ihrem Freund einen Blowjob (#14)" auf „Play" drückte. Ihre Leidenschaft und Erregung machten es heiß, als sie seinen Schwanz mit ihrem Mund verehrte. Ihr Gesicht war eine Collage konkurrierender Emotionen – Aufregung, Freude, Konzentration, Vergnügen und Liebe – als ihre Augen zwischen dem Gesicht ihres Geliebten und seinem Schwanz hin und her huschten. Es ist, als wüsste sie, dass sie Augenkontakt halten sollte, während sie ihn lutscht, aber sie konnte nicht anders, als auf seinen Schwanz zu starren. Und es war ein wunderschöner Schwanz! Denk und formschön, es sah so aus, als würde es meine Fotze wunderbar ausfüllen.

Ich kräuselte meine Finger in mich hinein und rieb meinen G-Punkt, während ich meine Klitoris fingerte und mir vorstellte, von dem Schwanz in ihrem Mund gefüllt zu werden. Mein Herz raste im Takt ihres wippenden Kopfes, jeder Schlag schickte Pulse der Begierde durch mich und ließ meine Muschi vor Lust pulsieren. Meine Muskeln spannten sich an und unwillkürliche Geräusche entfuhren mir. Das ist genau die Art von schlampigem Blowjob, den ich Richard geben wollte! Sein pochender harter Schwanz in meinem Mund zu spüren ... seine Hände auf meinem Kopf, die meinen Rhythmus leiten ... Das Vergnügen, über sein schönes Gesicht zu spielen, zu spüren, wie sich seine harten Bauchmuskeln spannen, seine Beine an meinen Seiten zittern, als ich ihn lutsche ... Ich stöhnte vor Lust, die mich durchströmte, und stellte mir vor, er könnte meine Stimme auf seiner Männlichkeit spüren. Meine Muschi strahlte Hitze aus wie ein Feuer, scheinbar immun gegen alle nassen Säfte, die aus mir herausströmten.

Etwas anderes. Ein weiteres Video. Wenn ich bis zum Ende dabei blieb, um ihren Ausdruck purer Befriedigung zu sehen, nachdem sie seine Ladung geschluckt hatte, würde ich in Sekunden kommen und ich musste mich zurückhalten. Tease and Denial ist eines von Richards Lieblingsspielen, und ich bin nicht annähernd so gut darin wie einige Blogger, denen ich folge, aber es stand viel auf dem Spiel, das mich davon abhielt, über den Rand zu kippen. Zufrieden ist mir rational. Rational me wird nervös und hat Angst, Risiken einzugehen. Rational me hatte sich jahrelang davor zurückgehalten, Richard ihre Anziehungskraft zu gestehen, und sie hatte heute Abend nichts zu suchen!

Ich war so in masturbatorischen Hedonismus versunken, dass ich den neuen Textalarm einige Zeit nicht gesehen habe.

Richard: Hey, ich bin heute Abend in deiner Nachbarschaft. Möchten Sie mit mir zu Abend essen?

‚Er muss der einzige Typ auf der Welt sein, der in Texten die korrekte Zeichensetzung verwendet', dachte ich. Unsere

SMS-Geschichte war eine lange Reihe von perfekt korrekturgelesenem Englisch von ihm, kontrastierende Textkürzel und Emojis von mir. Das war's! Alles nach Plan! Okay, denke nicht, lass einfach deine Hormone für dich sprechen.

Erika: Ja, hört sich gut an

Erika : Da ist etwas, worüber ich reden wollte

Erika: Lass mich das nicht sagen Nichts

'Erfolg!' Ich hatte erwartet, mich von Bedauern verzehrt zu fühlen und es zurücknehmen zu wollen, aber ich tat es nicht. Etwas nervös, aber aufgeregt. Meine Klitoris, verwirrt darüber, wohin ihre Lust verschwunden war, pochte vor Frustration. Ich lächelte und tätschelte sie sanft wie einen Welpen. "Mach dir keine Sorgen, du wirst bald genug echte Action haben ... hoffe ich." Ich nehme an, es ist schwer, sich zu ängstlich zu fühlen, wenn so viel Lust durch deine Adern rast.

Was hatte ich eigentlich zu verlieren? Richard war sieben Jahre lang mein bester Freund gewesen, aber unsere Beziehung war für die meisten von ihnen nicht das gewesen, was ich wollte. Ich hatte mich mit keinem meiner Partner wirklich erfüllt gefühlt und war fast mörderisch eifersüchtig auf alle seine Freundinnen. Auch rational gesehen war dies der perfekte Zeitpunkt. Wir waren beide Single und lebten so nah beieinander, wie es zwei berufstätige Erwachsene vernünftigerweise hoffen konnten.

Okay, vielleicht war es schon seit einigen Monaten 'der perfekte Zeitpunkt', während ich meine Füße schleppte ... aber das war nebensächlich!

Irgendetwas war mit seiner letzten Freundin passiert. Sie waren über zwei Jahre zusammen, aber ihre Trennung war schlimm. Wir haben nie über seine romantischen Partner gesprochen, wahrscheinlich weil ich bei den ersten paar Malen, als sie auftauchten, zickig wurde. Was auch immer es war, es war so schlimm, dass er jetzt versuchte, seine natürliche versaute dominante Seite zu unterdrücken und in einer Menge Tinder-Verbindungen nach Vanillebefriedigung suchte. Er wirkte weniger wie er selbst... weniger selbstbewusst und immer leicht müde.

Mehr als nur meine eigene unerwiderte Anziehungskraft wollte ich ihm helfen. Ich wollte diejenige sein, die ihn vollständig umarmte und ihn sein wahres Ich sein ließ, so wie er es für mich getan hatte. Nach vielen Versuchen, ihn aus sich herauszulocken, war mir schließlich klar geworden, dass die einzige Möglichkeit, ihm eine neue Unterwürfige zu geben, die einzige Möglichkeit war. Und das würde ich sein.

In Ordnung, gut, ich war mehr als nur ein bisschen nervös deswegen. Richard war natürlich sehr dominant, aber ich war kein geborener Unterwürfiger. Ich wollte einer für ihn sein, aber ich wusste nicht, wie gut ich das machen könnte. 'Es wird alles gut', sagte ich mir zum hundertsten Mal, 'hol ihn zuerst an Bord und kümmere dich später um die perversen Sachen.'

Richard: Nun gut, du hast meine Aufmerksamkeit. Ich komme in einer Stunde bei dir vorbei. Fühlen Sie sich wie ein Italiener?

'Eine Stunde!?!' Es war nicht so, als hätte ich Äonen vor dem Spiegel verbracht, aber ich brauchte dringend eine Dusche. Heißes Wasser lief durch mein Haar, über meine Brustwarzen und zwischen meine Beine ... mmm ... Irgendetwas sagte mir, dass ich einige Zeit brauchen würde, um richtig sauber zu werden.

TEIL 2

23

Er kam im Anzug, komplett mit Krawatte, perfekt gebügelter Hose und Manschettenknöpfen. All das nur, um ein Finale zu gewinnen. Typisch. Mir ist unklar, ob er überhaupt eine Jeans besessen hat. Ein 35-Grad -Sommerabend und er ist gekleidet, um zu beeindrucken, und sieht immer noch ärgerlich sauber, cool und entspannt aus. Schweiß war offenbar etwas, was anderen Leuten passierte. Ich hingegen war mit lässigen Jeans und Tanktop unterwegs. Ein ziemlich tief ausgeschnittenes Tanktop, das meine Brust wunderbar zur Geltung brachte. Ich hatte mir einen kleinen Eyeliner verpasst, was für mich geradezu schick ist, aber wir waren immer noch ein ziemlich ungleich aussehendes Paar.

Es war ganz typisch für uns. Er hätte sich fast mit Mode ruiniert, während ich mir wahrscheinlich die Beine brechen würde, wenn ich versuchen würde, in High Heels zu laufen. So sehr ich ihn damit aufgezogen hatte, musste ich zugeben, dass er dadurch verdammt gut aussah. Die Art und Weise, wie die scharf geschnittenen Kleider seine Seiten umschmeichelten und seine athletische Figur zur Geltung brachten ... und diese Hose genau richtig seinen Hintern umarmte ...

Es gibt buchstäblich Tausende von tollen Restaurants in Brooklyn in der Nähe von Richards Haus. New York City hingegen ... nicht so sehr. Es hat viele Vorteile, auf der falschen Seite von Manhattan zu leben. Zum Beispiel, sich die Miete leisten zu können und das Haus verlassen zu können, ohne gemobbt zu werden. Das Größte ist die Aussicht. Die Aussicht auf die Innenstadt von Manhattan von New York City aus ist die beste Aussicht auf die Stadt der Welt. Ich war sehr glücklich darüber, als Richard und ich uns in einem italienischen Restaurant am Wasser niederließen, weil es seine Aufmerksamkeit von mir ablenkte, während ich mich bemühte, mich zu beruhigen.

'Atme einfach', sagte ich mir, 'Es ist Richard, du sprichst jeden Tag online mit ihm.' Aber mein Dekolleté hatte er sich nicht einmal angeschaut. Hatte nicht einmal meinen Hintern gemustert, während ich meinen Schuh zugebunden hatte. Es erfüllte mich nicht mit Zuversicht.

"Es ist erstaunlich", sagte er und blickte über das Wasser in Richtung Battery Park und Wall Street. "Fesselt meine Aufmerksamkeit, egal wie oft ich es sehe."

"Ja."

Eine angenehme Brise wehte vom Wasser über uns und vertrieb die schlimmste Sommerhitze. Es wehte auf sehr auffällige Weise durch Richards Haar. Hitze stieg durch meinen Körper, die nichts mit der Temperatur zu tun hatte. Er war einfach so verdammt sexy in einem Anzug ... Auf der anderen Straßenseite von unserem Tisch drängten sich Touristen auf dem Weg am Flussufer. Eine Gruppe mit einem Selfie-Stick kam allen anderen in die Quere und einige Biker versuchten vergeblich, sich schneller als im Kriechgang fortzubewegen. Wir lachten beide, als ein unachtsames Kind eine Brezel an eine Möwe verlor.

„Du weißt, dass ich hier vor Spannung sterbe."

Ich zuckte zusammen, als mir klar wurde, dass seine Aufmerksamkeit auf mich gerichtet war. Zeit, es ihm zu sagen. Aber auf einmal verschwand der Schleier der Erregung, in dem ich versucht hatte, mich abzuschirmen. Schmetterlinge flatterten durch meinen Bauch und ich spürte, wie ich rot wurde. „Das ist Richard! Alles andere erzählst du ihm! Wenn er jemand anderes auf der Welt wäre, würdest du bereits mit ihm flirten. Um Himmels willen! Du bist eine erwachsene Arschfrau, reiß dich zusammen.'

"Was?" war alles, was ich herausbekommen habe. ' Verdammt !'

„Hmm ... mal sehen, ob ich es erraten kann. Du hast das ARA-Projekt bei der Arbeit nicht beendet, das hättest du sofort gefeiert, ohne es kryptisch zu machen. Dasselbe gilt für Tyler, der endlich gefeuert wurde erhöhen , oder du hättest den teuersten Wein auf der Speisekarte gekauft. Dieser Teil am Ende macht mich wirklich neugierig . "Lass dich nicht sagen, es sei nichts." Was könntest du damit meinen?"

Richard ist ein völliger Sklave seiner eigenen Neugier, also hatte ich so etwas erwartet und Stunden damit verbracht, herauszufinden, wie ich damit umgehen würde. Ich hatte eine Reihe von Varianten ausprobiert, mich taktvoll in das Thema einzuarbeiten. Ich hasste sie alle. Subtilität ist wirklich nicht mein Ding. Ich seufzte, knirschte mit den Zähnen und platzte heraus:

"Ich möchte deine Freundin sein." Ich sehe nicht oft Überraschung auf Richards Gesicht. Es fühlte sich gut an, unsere typischen Rollen so zu tauschen. Lassen Sie ihn für einmal den Ausgeglichenen sein. Ich hatte es gesagt! Ich hatte es endlich gesagt! „Gott, das wollte ich schon seit Jahren sagen! Aber du warst immer mit jemandem zusammen oder ich war zu feige oder ich hatte gehofft, du würdest mich alleine angreifen ." Ich versuchte, seine Reaktion abzuschätzen, konnte es aber nicht. Sein ernstes Pokerface war aufgesetzt und es machte mich unruhig. „Und ... ich schätze, ich bin es leid zu warten. Und ich weiß, dass du mit all diesen Tinder-Verbindungen unglücklich warst. Du hast versucht, jemand zu sein, der du nicht bist, seit du und Chloe Schluss gemacht habt. Ich will dich mit mir ganz du selbst zu sein. Also ja, da ist es ... bitte sag etwas."

War das Angst in seinem Gesicht? Nein... Befürchtung? In meinem Bauch tat sich eine Grube auf , die mich hineinzuziehen drohte. Aber nein, da war noch mehr. Verlangen? Sehnsucht? Zeigte ich mir nur Gefühle, die ich sehen wollte? 'Bitte sag was!' Ich bat innerlich: ‚Bitte!'

Schließlich tat er es. "Wow, das ist eine Menge zu verdauen." Ein Teil des Leichentuchs hob sich und er lächelte zaghaft. „Du kannst dich entspannen. Ich will dich. Sehr gerne."

"Sie machen?" 'AHHHHH!'

„Ja, und es tut mir leid, wenn ich dir das Gefühl gegeben habe, unerwünscht zu sein.

Seine Worte und sein Gesichtsausdruck passten nicht zusammen. "Du siehst nicht begeistert aus."

Er seufzte. „Ich denke darüber nach, was du darüber gesagt hast, dass ich jemand bin, der ich nicht bin. Ich nehme an, du hast Recht, aber ich würde es gerne aus deiner Perspektive hören.

„Du scheinst niedergeschlagen zu sein. Nicht so sehr um mich herum, aber ganz allgemein. Du scheinst nicht so selbstsicher zu sein und hast diese winzigen Verzögerungen. Es ist, als hättest du eine normale Reaktion auf Dinge, die du unterdrückst oder Umdenken oder so. Ich habe es kurz nach deiner Trennung bemerkt und es fühlte sich an, als würde es dir nicht besser gehen. Den nächsten Teil zuzugeben war schwierig, aber es musste gesagt werden: „Schau, ich weiß, ich war eine total eifersüchtige Schlampe wegen all deiner Freundinnen und es tut mir leid, dass ich nie nach dir und Chloe gefragt habe, aber ich weiß, dass sie deine war erste wirklich ernsthafte langfristige D/s-Beziehung. Die Dinge endeten schlecht mit ihr und du hast versucht, den dominanten Teil von dir auszuschalten. Aber du kannst nicht. Es ist nur, wer du bist, und es ist ein Teil von dir, der es ausmacht du Glückliche."

„Und du sagst, du bist Menschen gegenüber nicht scharfsinnig ...", murmelte er vor sich hin. Dann, lauter: „Du willst also mit mir ausgehen, um mich wieder zusammenzubringen?"

Ich musterte ihn gezielt von oben bis unten, ließ meinen Blick über seine Lippen, seine fitte Figur und direkt in seinen Schritt schweifen. "Nun... das ist nicht nur der Grund." Ich hatte noch nie versucht, mit ihm zu flirten, und es fühlte sich gut an. Ich wollte das Gespräch von den düsteren Bereichen wegführen und uns mehr auf uns zusammen konzentrieren, aber es hat nicht funktioniert.

„Was ist, wenn es einen guten Grund gibt, warum ich versuche, den Machtaustausch hinter mir zu lassen? Was, wenn ich Chloe ernsthaft verletzt habe und ich beschließe, dass es ein bisschen beschissen ist, vom Schmerz meines Geliebten erregt zu werden?"

‚Oh Gott, wie sehr tut er innerlich weh?' Ich fühlte mich schrecklich, als mir klar wurde, dass meine Eifersucht mich davon abgehalten hatte, mich zu unterstützen. Ich wollte ihn umarmen, aber ich wusste, das war nicht der Weg, um an ihn heranzukommen. Er reagierte am besten auf Rationalität. „Du unterstellst, dass du missbräuchlich warst und ich bezweifle stark, dass das stimmt. Du bist einer der nachdrücklichsten Menschen, die ich kenne. Liege ich da falsch?"

einige Male gebrochen . Nun, ich nehme an, der Fairness halber, wir beide haben uns gegenseitig das Vertrauen gebrochen.

„Richard", unterbrach ich ihn, „wir sind fünfundzwanzig. Wir sind jung! Ich nahm seine Hand von der anderen Seite des Tisches und drückte sie zur Betonung. „Du kannst dich nicht ewig bestrafen. Du verdienst es, glücklich zu sein." Seine Hand war fest und kraftvoll in meiner. Ich genoss es, es zu halten, mehr als ich erwartet hatte.

Wir starrten beide auf unsere gefalteten Hände. Es schien ihm auch zu gefallen. Aber trotzdem war er nicht überzeugt. Ich fühlte mich, als wäre ich nahe dran...

Ich drückte ihn etwas fester: „Schau, du bist jetzt nicht glücklich. Leugne es nicht, wir wissen beide, dass es wahr ist. Gründe beiseite, du hast dem Vanille-Lebensstil mehr als seine faire Chance gegeben, und das Experiment ist gescheitert. Vielleicht Ist es an der Zeit, wieder auf das metaphorische Fahrrad zu steigen ? Älter und weiser, weißt du ?" Ich hielt den Atem an, als er darüber nachdachte. Sekunden vergingen, aber ich wusste nicht, was ich noch sagen sollte.

Langsam lächelte er. Etwas an ihm veränderte sich, fast unmerklich. In meiner Vision wirkte er etwas größer und etwas weniger angespannt. Ich konnte sagen, dass es noch nicht vorbei war. Ich würde noch viel Arbeit haben, um seine Narben zu heilen, aber er schien bereit zu sein, mir eine Chance zu geben.

"Du hast Recht, ich war nicht glücklich. Ich gestehe, ich habe es vermisst." Er warf mir einen wölfischen Blick zu, hungrig vor Verlangen, „Vielleicht ist es egoistisch von mir, aber ich habe das Gefühl, ich wollte, dass du mich dazu überredest. Vielleicht besonders, weil du es bist..." Die unverkennbare Lust in seinen Augen begeisterte mich absolut. Vor allem, weil ich es bin? War es möglich, dass er auch über mich phantasiert hatte? Meine Atmung beschleunigte sich und mein eigenes Verlangen entfachte sich erneut. Es begann sich real anzufühlen. Ich wollte ihn holen! Ich packte seine Hand fester, besitzergreifend. 'Mine!'

„Aber trotzdem", fuhr Richard fort, „möchte ich sicherstellen, dass du verstehst, worauf du dich einlässt.

„Das ist in Ordnung, ich möchte ..." Er brachte mich mit seinen Augen zum Schweigen. Ich habe bis heute keine Ahnung, wie er das macht. Physikalisch ändert sich nichts an ihnen, aber irgendwie funktioniert es jedes Mal. Es war das erste Mal, dass ich wirklich spürte, wie seine Dominanz auf mich gerichtet war. Ich hatte es schon früher gespürt, es ständig in verschiedenen Schattierungen ausgestellt gesehen, aber er hatte mich nie so wirklich damit getroffen. Es hatte eine sofortige Wirkung. Worte starben in meinem

Mund und ich zitterte. Ich presste meine Beine zusammen und fühlte, wie die Wärme in mir stärker wurde.

„Das ist wichtig. Wenn du wirklich willst, dass ich mein volles und ungezügeltes Ich bin, dann reden wir nicht nur ein paar Mal pro Woche über versauten Sex. Wir reden davon, dass du dich mir hingibst. Körperlich, mental und emotional werde ich darauf abzielen, alles zu besitzen, was dich ausmacht , Erika. Es würde sich sehr von der Freundschaft unterscheiden, die wir unser ganzes Erwachsenenleben lang hatten. Bist du sicher, dass du das willst?"

Ich begegnete seinem ernsten Ton unbeirrt. „Ja. Ich will es versuchen. Es wird eine Lernkurve geben, aber ich will das hier."

„Ich weiß, dass du das tust. Du hast deine Meinung und du bist entschlossen, es durchzuziehen. Er musterte mich, viel offensichtlicher sexuell, als er es jemals in unserer ganzen Beziehung getan hatte. Zeigt mir absichtlich seine Aufmerksamkeit auf meine Brüste, meine Lippen, meinen Hals. Ich drückte meine Beine fester zusammen und genoss seine Aufmerksamkeit. Als er offen auf mein Dekolleté starrte, verhärteten sich meine Brustwarzen, als wollten sie auch seine Anerkennung.

„Trotzdem", fuhr Richard fort, „fühle ich mich nicht wohl, wenn ich nicht mein Bestes gebe, um Ihnen so viel Verständnis wie möglich zu geben, bevor wir die Dinge zwischen uns ändern. Aber es ist schwierig für mich, darüber zu sprechen, weil ich die U-Boote noch nie erlebt habe Seite." Er überlegte, zog dann sein Handy heraus und scrollte durch seine Kontakte. „Es gibt eine Freundin von mir, die ganz in der Nähe wohnt, die ich gerne einladen würde, sich uns anzuschließen.

Ich dachte an Zurückdrängen. Ich war mir schon verdammt sicher, was ich wollte. Alles, was ich tun wollte, war, schnell mit dem Abendessen fertig zu sein, nach Hause zu eilen und ihm den Anzug auszuziehen. Aber er versuchte zu tun, was er für richtig hielt, und er würde sich besser fühlen, wenn er wusste, dass er es getan hatte. Also habe ich mich damit abgefunden, noch ein wenig zu warten. "Wenn es dir wirklich wichtig ist, ok."

„Betrachte es als informierte Zustimmung. Außerdem wirst du sie mögen. Sie ist genau dein Typ." Er hielt inne und überlegte, bevor er fortfuhr: „Und es gibt ein paar Hintergrundinformationen, die Sie wahrscheinlich zuerst kennen sollten."

„Ein bisschen" traf es nicht genau. Es stellte sich heraus, dass es eine Tonne gab, die Richard mir nie erzählt hatte, während er mich vor dem Neid seiner Freundin schützte. Er und Chloe hatten auf Fetlife einige gleichgesinnte Paare getroffen und sie trafen sich alle paar Wochen. Er war knapp bei den Details, aber es klang, als wären ihre Treffen auf eine nicht ganz monogame Weise sehr sexuell. Ein wehmütiger Blick spielte über seine Gesichtszüge, als er die offene Dynamik unter ihnen beschrieb, wie sie sich gegenseitig unterstützten und unterstützten und wie schön es war, offen versaut mit Menschen umzugehen, die verstanden. Anscheinend hatte er sich seit der Trennung von ihnen entfernt. Diese Freundin von ihm, Cathy, war mit ihrer Herrin Teil dieser Gruppe, und sie wohnte nur einen kurzen Spaziergang entfernt. Kleine Welt.

TEIL 3

Cathy erschien gerade an unserem Tisch, als wir die Rechnung bezahlten. Ich sage „erschien", weil es wirklich so aussah, als wäre sie aus dem Nichts aufgetaucht. In der einen Sekunde machte Richard Spitzenrechnen, und in der nächsten umarmte ihn eine kleine, blasse Frau. Ich schloss, dass sie sich seit einiger Zeit nicht mehr gesehen hatten, aufgrund ihrer Anschuldigungen, dass Richard schlecht darin war, in Kontakt zu bleiben, und dass er ein Arsch war, weil er ihr mitten in der Nacht ein Wiedersehen angezettelt hatte.

Genau wie Richard gesagt hatte, ich mochte ihr Aussehen. Sie war klein, einen ganzen Kopf kleiner als ich, aber athletisch gebaut mit robust aussehenden Händen und Wanderbeinen. Sie trug ein T-Shirt mit dem Aufdruck einer örtlichen Bar und Jeans, die an den Knien zerrissen waren, um Shorts zu sein. Ihre Brüste sahen wunderbar aus, fest und voll genug, um Spaß zu machen, aber kompakt genug, dass sie sie beim Laufen nicht stören würden. Kurz geschnittenes rotes Haar umrahmte ihr Gesicht, das zu einer Seite geneigt war, um die Orbital- und Helix-Piercings in einem Ohr zu zeigen. Sie konzentrierte sich darauf, mich gleichzeitig anzusehen, während ich sie in mich aufnahm. Unsere Blicke trafen sich und der Funke der Anziehung zwischen uns hätte meinen Gaydar zum Klingen gebracht, selbst wenn Richard ihre Herrin nicht erwähnt hätte. In der Tat mein Typ. Ich setzte mich aufrechter hin und machte eine Show, indem ich meine Brust herausstreckte.

Ihr gefiel, was sie sah. "Wer ist dein süßer Freund?" Sie fragte. Als sie meinen Namen hörte, keuchte Cathy auf: „Du bist diejenige, von der er immer spricht!

'Er redet immer über mich?' Das habe ich für später aufgehoben.

„Eigentlich", betonte ich, „hat er gar nichts getan.

Cathy warf Richard einen ungläubigen Blick zu. "DU wurdest von einem Mädchen gefragt?"

Er lachte. „Ist es wirklich so schwer zu glauben, dass mich jemand attraktiv finden könnte?"

"Es ist schwer zu glauben, dass Sie jemand anderen brauchen würden, um die Initiative zu ergreifen."

Ich schloss mich Richards Gelächter an, glücklich, dass jemand anderes meinen Kampf schätzte. "Verbünde dich nicht auch mit mir!" Er hob scherzhaft die Hände. „Wie auch immer, bevor wir uns zu sehr darauf einlassen, sollten wir ihnen wahrscheinlich ihren Tisch zurückgeben. Interessiert ihr euch beide für Eiscreme?

Am Ende kauten wir in einem Park in der Nähe meines Hauses kalte, zuckersahnige Wunderbarkeit. Wir hatten Cathy mehr auf den neuesten Stand gebracht und ich fand, dass ich sie mochte. Die Art und Weise, wie sie sprudelnde Wärme mit respektloser Direktheit kreuzte, machte es sehr einfach, sich mit ihr zu verbinden. Sie hatte viel über „unsere Welt" zu erzählen, wie sie es ausdrückte.

Einige ihrer Beobachtungen waren kleinere amüsante Anekdoten. Wie zum Beispiel, wie sie Manschetten und Crops in ihre Analogien mischte und sich selbst bei der Arbeit zusehen musste. Oder wie der häufigste Grund, warum sie eine Bondage-Szene beenden musste, darin bestand, auf die Toilette zu gehen.

Andere waren größer und abstrakter. Alles in Cathys Leben fühlte sich aufgeladen an. Die Höhen waren höher, die Tiefen tiefer und sie fühlte sich selten neutral. Ihre Herrin war in Orgasmuskontrolle, also war Cathy ständig geil. Alles, was sie tat, fühlte sich irgendwie sexuell an, vom morgendlichen Anziehen über das Bestellen von Starbucks bis hin zum Treffen mit einem Fremden und dem reflexartigen Überprüfen. Manchmal kann etwas so Einfaches wie ein tiefer Atemzug an einem klaren, sonnigen Tag dazu führen, dass sie sich in Großbuchstaben unglaublich LEBENDIG fühlt . Weit davon entfernt, mich abzuschrecken oder was auch immer Richard erwartet hatte, machte es mein Interesse noch größer. Meine eigenen Experimente in dieser Abteilung gaben mir ein Gefühl dafür, was sie zu sagen versuchte, und mir gefiel die Idee, meinem täglichen Leben etwas Würze zu verleihen. Sie gab Richard, den sie „Der Zauberer" nannte, die Schuld dafür, dass er ihre Geliebte mit Hänseleien und Verleugnung bekannt gemacht hatte.

Der Ausdruck auf seinem Gesicht ließ mich fragen: "Warum bist du 'Der Zauberer'?"

Er ignorierte mich und blickte Cathy finster an: „Ich hoffte, du hättest diesen verdammten Spitznamen vergessen. Warum erzählst du ihr nicht von deinem, Firefly?" Aus irgendeinem Grund, trotz all der persönlichen sexuellen Dinge, die sie bereits unverfroren geteilt hatte, ließ dies Cathys Wangen rot werden.

„Ihres ist einfach, ihr Haar ist wirklich feurig", betonte ich.

„Ja, Firefly, weil ich rothaarig bin", sagte Cathy schnell, „Wie auch immer, zurück zu Wiz ..."

"Cathy." Richard durchtrennte ihre Worte wie ein Messer. Weder lauter noch leiser, aber mit unmissverständlicher Autorität, die mich erschaudern ließ und Cathy aufschreckte, als wäre sie bei der Arbeit mit ihrem Handy erwischt worden.

"Bußgeld!" Sie gestand: „Ich habe meinen Spitznamen in unserer kleinen Gruppe bekommen, weil mein blassweißer Hintern wie ein Glühwürmchen leuchtet, wenn Mistress Sam mich verprügelt." Wir lachten alle. Es hat mich aber zum Nachdenken gebracht. Genug Leute hatten dieses Phänomen gesehen , um an dem Spitznamen dran zu sein?

"Wie viele Leute haben gesehen, wie du verprügelt wurdest?"

„Jeder in der Meetup-Gruppe und ein paar andere Freunde von uns." Sie errötete noch tiefer, was sie auf eine sehr niedliche Art zum

Leuchten brachte. "Das ist bei weitem nicht die schwerste Scheiße, die einer Menschenmenge passiert ist."

'Was ist der schlimmste Scheiß, der in dieser Gruppe passiert ist?' Ich wunderte mich, beschloss aber , diese Frage für ein anderes Mal aufzuheben. Richard hatte abgelenkt und ich konnte ihn nicht einfach damit davonkommen lassen, die Aufmerksamkeit wieder von sich weg zu lenken.

"Nun zurück zu dir. Warum bist du der Zauberer?"

»Weil er zaubern kann ...«, begann Cathy

„Ich kann nicht zaubern", sagte Richard mit einem Augenrollen.

"—Obwohl er es bestreitet," drückte sie seine Unterbrechung durch. „Glücklicherweise müssen Sie sich nicht auf mein oder sein Wort verlassen! Sie können sich einige Beweise ansehen und selbst entscheiden." Sie zückte ihr Handy.

„Sag mir nicht, dass du dieses Video gespeichert hast und es überall hin mitnimmst." Richard stöhnte.

„ Natürlich habe ich das! Hast du eine Ahnung wie heiß es auf uns Subs ist?" Sie reichte mir ihr Handy: „Haben Sie Kopfhörer dabei? Hier, benutzen Sie meine. Im Ernst, Richard, es ist gut für sie, wenn Sie sehen, ob Sie eine Vorstellung davon geben wollen, wie intensiv Machtaustausch werden kann."

Er seufzte, nickte aber, „Okay, aber bedenke, dass es das sehr extreme Ende ist. Es sollte als Warnung dienen."

Ich sah zwischen ihnen hin und her und versuchte zu entscheiden, wie ernst sie es meinten. „Das ist eine ganze Menge Anhäufung. Verzeihen Sie mir, wenn ich skeptisch bin, dass irgendetwas dem gerecht werden kann." Richard lächelte wissend, als wollte er mich daran erinnern, dass er Jahre damit verbracht hatte, Pornos mit mir auszutauschen, und er wusste verdammt genau, was meinen Erwartungen entsprechen würde.

Kopfhörer rein, ich drücke Play.

Sofort wurde ich von grafischem Sex überfallen. Die Kamera konzentrierte sich auf eine hübsche Frau, die auf dem Rücken auf einem erhöhten Tisch lag, die Augen geschlossen, die Arme an der Seite und die Beine gespreizt. Insbesondere konzentrierte es sich auf ihre Muschi, die sehr deutlich sehr heiß war. Nasse Rinnsale liefen von ihren Unterschenkeln bis zu ihrem Hintern und ihre Beckenmuskeln verkrampften sich. Eine schattenhafte Gestalt kauerte neben ihrem Kopf und schien ihr ins Ohr zu flüstern. Gelegentlich streichelte er sie. Ihr Gesicht, ihr Hals, ihr Haar, seine Berührungen waren sanft und schienen Wärme und Zuneigung zu vermitteln... und Liebe.

Ich verlagerte unbequem. Es war eindeutig Chloe auf dem Tisch und Richard über ihr. „Sei nicht eifersüchtig, er gehört jetzt dir, bald werden dich diese Finger streicheln."

Er ging nie unter ihr Schlüsselbein, aber ihr Körper reagierte, als hätte er einen Vibrator an ihre Klitoris gedrückt. Ihre Bauchmuskeln spannten sich an, ihre Brüste hoben sich und alle ihre Muskeln zitterten. Sie krampfte, bewegte sich aber nie, als wäre sie eine Pantomime, die vorspielt, an unsichtbaren Seilen gefesselt zu sein. Ihre Arme pressten sich gerade nach unten, während ihre Schenkel sich dagegen wehrten, sich gleichzeitig weiter zu öffnen, zusammenzupressen und gleichzeitig vollkommen still zu bleiben. Von Minute zu Minute wurden ihre Kämpfe deutlicher. Ihre Schamlippen flossen mit Blut und ihr Kitzler wurde zwischen ihnen deutlich sichtbar. Sie stöhnte frei, wie ein Pornostar , der die Rolle einer schwanzhungrigen Hure spielt. Richard bewegte sich zu ihr, um neben ihr zu sein, wie der Märchenprinz, der sich über Schneewittchen beugt, aber unendlich viel X-eingestufter. Er flüsterte ihr immer noch zu und näherte sich ihrem Mund. Chloes

Hüften stießen sich in die Luft und wurden immer hektischer, je näher Richard seinem Ziel kam.

Dann küsste Richard sie und Chloes Muschi explodierte vor Orgasmus. Ihre Klitoris sah aus, als würde sie platzen und ihre Vagina hätte sich nicht stärker zusammenziehen können, wenn sie einen Schwanz in sich vergraben hätte, an dem sie festhalten könnte. Ich fühlte, wie mir die Kinnlade herunterfiel. Nichts als Luft hatte einen erogenen Teil von ihr berührt. Mein eigener Körper reagierte auf die rohe Wut von Chloes Orgasmus, als sie immer weiter kam und kam . Richards Lippen immer noch auf ihre gepresst, seine Zunge deutlich in ihrem Mund, verlief ihr Orgasmus über anderthalb Minuten.

Der Bildschirm wurde schwarz.

"Wie zum Teufel hast du das gemacht?" verlangte ich von Richard. Er und Cathy lachten beide.

„Du hättest sehen sollen, wie deine Augen größer wurden", neckte Cathy mich, „Wie ich schon sagte, er ist ein gottverdammter Zauberer."

Richard zuckte mit den Schultern, sah aber ausgesprochen selbstzufrieden aus. „Ganz einfach. Ich habe ihr gesagt, dass sie abspritzen soll, und sie hat gehorcht."

"Wie soll das eine Warnung sein?" Ich fragte. „Keine Frau auf der Welt könnte das sehen und nicht auch mal probieren wollen. Tu mir das bitte auch." Ich zeigte auf den Bildschirm, "Ich nehme, was sie hat."

"Okay, Spaß beiseite, es gibt eine Menge Konditionierung, die eine solche Hypnose möglich macht." Cathy formte hinter Richards Rücken „Zauberer", als er „Hypnose" sagte. „Es ist keine Gedankenkontrolle, es erforderte, dass sie mich wirklich in ihre Gedanken lassen und mir gehorchen wollte. Wie auch immer, treten

Sie eine Sekunde zurück. Können Sie sich einen freihändigen Orgasmus verschaffen? Einer von Ihnen? Natürlich nicht, das ist warum das Video so faszinierend für dich ist. Chloe konnte es auch nicht."

„Aber", ich deutete auf das Telefon, „ich habe sie gerade dabei gesehen."

„Ja und nein. Ja, sie hatte einen Orgasmus ohne körperliche Stimulation. Aber nein, sie konnte ihn sich nicht selbst geben. Sie konnte sich nicht über den Rand denken, sie brauchte mich, um sie durchzusprechen Ich habe es ihr gesagt. Das, Erika, ist deine Warnung." Sein Lächeln verschwand und sein Blick bohrte sich in mich, als ob er versuchte, mir seine Botschaft mit ihrem Gewicht aufzuzwingen. „Auf sehr reale Weise habe ich ihr gesagt, dass sie etwas tun soll, was ihr alleine unmöglich war, aber sie hat mir trotzdem gehorcht. So viel Macht kann eine Dominante über eine Unterwürfige ausüben. So viel Kontrolle habe ich vielleicht über dich . Wenn Sie das nicht zumindest ein wenig beunruhigt, sollte es das."

Cathy nickte, ebenfalls ernst, „Das stimmt. Das gilt auch für mich. Nach einer Weile gewöhnt man sich so daran, sich zu unterwerfen und gehorsam zu sein, dass sich Ungehorsam absolut falsch anfühlt. Sogar nur die Vorstellung davon. Ich bin auch supersensibel zu allem von meiner Herrin. Ich denke, das gilt für alle Unterwürfigen. Wenn dein Dom sauer auf dich ist, oder zum Teufel, auch nur leicht enttäuscht, ruiniert es dich. Kann nicht essen, kann nicht schlafen, kann an nichts denken sonst. Sie werden eine ganze Menge tun, um dieses Gefühl zu vermeiden.

Das hat sich in meinen Kopf eingearbeitet. Ich war schon verdammt empfindlich auf Richard. Verdammt, ich hatte gerade eine Woche damit verbracht, mich zu ärgern, nur um zu versuchen, meine

Angst, mich von ihm zurückgewiesen zu fühlen, zu übertönen. Würde ich diese Angst noch stärker empfinden? Würde es sich erweitern, um jede Art von Negativität von ihm einzuschließen? Es machte mir Sorgen. Ich wollte nie so emotional bedürftig sein, aber war ich nicht schon auf dem Weg dorthin?

Aber das hat uns als Paar nicht genug Ehre gemacht, oder? Richard kümmerte sich um mich. Er hatte sich immer um mich als seinen besten Freund gekümmert und jetzt wusste ich, dass er sich als mein Geliebter noch mehr sorgen würde. Ich konnte es tief in mir spüren. Er kümmerte sich wirklich darum, dass ich mich wohl und sicher fühlte.

„Ich vertraue dir." Ich versuchte, so viel Gefühl wie möglich in die Worte zu legen, um ihm zu versichern, dass ich es wirklich ernst meinte. Ich war schon immer schlecht darin, meine Gefühle auszudrücken, aber sein Lächeln ließ mich wissen, dass er es verstand. Ich traf seinen Blick und versuchte, so viel Emotion wie möglich zu vermitteln, aber ich fühlte, wie ich mich in den wunderschönen Mustern aus Blau, Blaugrün und Gelb verlor, die seine schwarzen Pupillen umgaben. Er hingegen schien an meinem Äußeren vorbei tief in mich hineinzuschauen. Ich wollte mich ihm zeigen, damit er mich sieht. 'Ich vertraue dir, ich will dich.' Ich versuchte, meine Gedanken durch unsere Augen in seinen Kopf zu übertragen. „Ich vertraue dir. Ich will dich. Ich möchte alles von dir. Ich möchte dich glücklich machen. Ich möchte küssen-'

Der Gedanke hatte kaum begonnen, als plötzlich kein Platz mehr zwischen uns war. Seine Arme um mich gelegt, sein Gesicht Zentimeter von meinem entfernt, schien er mich zu überragen, obwohl er genauso groß war. Ich atmete seine Wärme und Nähe ein und spürte, wie sich meine Augen von selbst schlossen. "Oh mein Gott, oh mein Gott, oh mein Gott." So romantisch kitschig es auch klingen mag, als seine Lippen meine berührten, gaben meine Beine wirklich fast nach. Mein ganzer Körper schien auf einmal zu seufzen und ich hatte kaum Zeit zu registrieren, wie heiß sich seine Lippen anfühlten, bevor seine Zunge in meinem Mund war. War ihm so heiß, weil das Eis mich abgekühlt hatte? Warum hatte es bei ihm nicht funktioniert? Warum habe ich in einer solchen Zeit an Eis gedacht? Ich schaltete meine Gedanken ab und presste mich an ihn. Meine Zunge rang mit seiner und wir tanzten um meinen Mund. So sehr ich es auch versuchte, ich konnte anscheinend keinen Boden in seinem Mund gewinnen. Wir wechselten zwischen dem Verschränken unserer Zungen und dem Festhalten meiner. Er hielt mich fest, um mir das Gefühl zu geben, gewollt zu sein, gewollt auf eine Art und Weise, wie ich es seit Jahren von ihm brauchte.

Es war perfekt. Im Nachhinein kann ich nicht sagen, ob es sich so angefühlt hat, weil der Kuss eigentlich so gut war oder weil es unsere symbolische Premiere war. Damals empfand ich pure Hochfreude. Na ja, vielleicht nicht wirklich 'reine' Freude. Es wurde mit ein bisschen Lust verdünnt. In Ordnung, vielleicht viel Lust. Ich keuchte, war an manchen Stellen nass und an anderen steinhart, als wir uns endlich voneinander lösten.

„Du hast meine Gedanken gelesen", flüsterte ich ihm zu, „Du bist wirklich ein Zauberer."

„Keine Magie, einfache Muggelbiologie. Deine Pupillen waren sehr geweitet.

"Wow, ihr beide seht aus, als hättet ihr das gebraucht." Ich hatte Cathy vergessen!

"Tut mir leid! Wir wollten dich nicht in ein drittes Rad verwandeln."

„Es ist cool, ich habe mich bei vielen Knutschereien eingeschlichen. Was Heteros angeht, war das ziemlich heiß . Ich gebe euch Jungs 8 von 10 Punkten. Punkte für rohen Durst, könnten aber mit mehr Gefummel und weniger Kleidung verbessert werden."

'Weniger Bekleidung! Jetzt gibt es eine Idee.' Mir wurde klar, dass ich Richards Brust schamlos an den Knöpfen seines Hemdes entlang scharrte. Cathy bemerkte mit einem Grinsen: „ Das heißt, ich denke, ich gehe jetzt nach Hause. Ich werde dich online finden, Erika. Ich bin sicher, ich werde euch beide bald sehen!" Vielleicht war sie so plötzlich verschwunden, wie sie aufgetaucht war. Ich weiß nicht, ich war zu beschäftigt damit, Richard wie ein Idiot anzugrinsen.

„Lass uns nach Hause gehen", sagte ich. Sein Nicken zu sehen, fühlte sich wie ein reiner Sieg an.

TEIL 4

43

Meine winzige Wohnung fühlte sich ganz anders an. Richard saß in meinem bequemen Schreibtischstuhl, während ich den harten Klappstuhl einnahm, der normalerweise für Gäste reserviert war. Es hatte sich einfach so ergeben. Als wäre es sein Zuhause und ich würde nur hier leben. Ich werfe einen verlegenen Blick in die Runde. Meine Arbeitskleidung lag noch dort auf einem Haufen, wo ich sie vorher hingeworfen hatte, mein Bett stand ungemacht an der Rückwand, das Geschirr stand noch in der Spüle und mein Schreibtisch war völlig durcheinander. Richard bemerkte, dass die Festplatte immer noch an meinem Laptop angeschlossen war, und fragte neckend, ob ich in letzter Zeit etwas davon gebraucht hätte. Ich fühlte mein Blut steigen. Es war vielleicht der sexuellste Schlag, den er mir je verpasst hatte.

Es hat mir gefallen, und nach all dem Aufbau hatte ich das Warten satt. Also erzählte ich ihm alles darüber, was ich vor dem Abendessen gemacht hatte. Ich erzählte ihm, dass ich eine Woche lang jeden Tag das Gleiche getan und mich bis heute Abend hochgearbeitet hatte . Ich schaltete den erotischen Flirt ein, den ich immer für ihn sein wollte, war so provokativ wie möglich und beschrieb meine Finger, die sich in mir verdrehten, als ich mir vorstellte, was ich ihm antun würde und was er mir antun würde. Wie ich ihn ganz bis zu seinen Eiern lutschen würde, bis er hart in meiner Kehle wurde. Wie ich stundenlang so nass gewesen war, dass er ohne Vorspiel sofort in mich hineingerutscht war. Wie ich wünschte, er würde hart und schnell in mich stoßen und hart genug auf mich einschlagen, um das Bett zum Wackeln zu bringen.

Er hörte zu, höflich aufmerksam wie immer, so beiläufig, als sprächen wir darüber, wo wir zu Mittag essen könnten. „Und du sagst, du bist schlecht darin, dich auszudrücken", kommentierte er ironisch. Seine Körperhaltung veränderte sich subtil von lässig entspannt zu konzentrierter und intensiver. „Das ist es, was du willst, eh? An meinem Schwanz zu ersticken und in Splitter gefickt zu werden, wie du es so eloquent ausdrückst?" Ich schluckte und nickte, meine Worte klangen viel schmutziger aus seinem Mund. "Nun, dazu kommen wir noch früh genug. Aber zuerst müssen wir über die zwei Gesetze reden."

"Nur zwei Regeln?"

„Oh nein, du wirst Tonnen von Regeln haben, die du im Auge behalten musst. Diese sind anders, sie werden aus einem bestimmten Grund Gesetze genannt. Wenn du es darauf anlegst, sind Regeln nur ein Teil des Spiels. Wenn du die Regeln missachtest, Du bekommst eine sexy Bestrafung und das Spiel geht weiter.Die Gesetze hingegen müssen von uns beiden immer eingehalten werden.

„Das erste Gesetz ist für sichere Wörter. Rot und Gelb. Sagen Sie jederzeit ‚Rot' und alles hört auf. Sagen Sie ‚Gelb' und wir werden langsamer. Du kannst sie jederzeit und aus jedem Grund verwenden. Wir werden darüber sprechen, wie du dich fühlst und wie wir dir helfen können, dich besser zu fühlen. Es ist nie eine Schande, ein sicheres Wort zu verwenden." Sein Fokus fügte seinen Worten eine Schärfe hinzu: „Es zeigt keinen Mangel an Vertrauen oder die Bereitschaft, sich zu unterwerfen oder so etwas. Sie sollten sich niemals unter Druck gesetzt fühlen, sie nicht zu benutzen sich.

dich niemals anlügen und ich erwarte, dass du immer ehrlich zu mir bist. Wenn ich dich zum Beispiel verprügele und nach dir schaue, erwarte ich, dass du ehrlich bist. Wenn Du hast große Schmerzen und kannst nicht mehr, ich erwarte von dir, dass du mir das sagst und nicht lügst, weil du denkst, dass ich das hören will Okay und ich bin nicht böse, das solltest du glauben und nicht hinterfragen.

„Im Grunde geht es bei den beiden Gesetzen um offene und ehrliche Kommunikation. Das ist wichtig für alle Paare, aber besonders wichtig für BDSM. Machtaustausch ist mehr als kompliziert genug, ohne dass man sich mit solchen grundlegenden Dingen auseinandersetzen muss."

„Rot und Gelb. Leicht zu merken. Ich verstehe. Das verwandelte sein Lächeln von ernst in wölfisch.

„Das mag einige Leute beunruhigen, aber nicht Sie. Sie wissen nicht, wie man etwas halbwegs macht. Es ist ein Teil dessen, was Sie für mich so attraktiv macht. Ich mache mir keine Sorgen, dass Sie weniger als 100 Prozent geben, Ich mache mir Sorgen, dass du versuchst, dich zu 130 Prozent zu pushen und verletzt wirst."

„In Ordnung", nickte ich.

Er setzte sich langsam auf und schien irgendwie mehr an Höhe zu gewinnen, als er sollte. Er wirkte wie ein Raubtier, das auf eine sehr schmackhafte Beute herabschaut . Dadurch fühlte ich mich gleichzeitig kleiner, aber begehrt. „Du hast dein ganzes Leben lang die Kontrolle über dich selbst. Wie du deine Zeit verbringst, wie du dich bewegst, wen du verfolgst, wie du Sex hast ... Du bist eine Jungfrau in dieser neuen Welt, Erika. Ein sehr geiles und willige Jungfrau." Sein wildes Grinsen wurde breiter, als wäre ich ein saftig riechendes Steak. „So, jetzt... bist du bereit, etwas Kontrolle aufzugeben?"

Ich war noch nie so bereit!

Enttäuschenderweise drückte er mich nicht zu Boden und fickte mich. Stattdessen wies er mich an, mit dem Rücken zur Wand zu stehen. Das und nichts weiter. Er saß da, seine Augen wanderten über mich, während ich herumzappelte. Er wirkte wie jemand in einem Museum, der sich Zeit nimmt, um das Gemälde eines Meisters zu schätzen. Er konzentrierte sich nicht besonders auf irgendeinen Teil von mir, er schien mich ganz auf einmal zu erobern. Ich stellte mir vor, ich könnte seinen Blick spüren wie ein sehr leichtes körperliches Gefühl, das auf meiner Haut spielt. Dadurch fühlte ich mich sehr exponiert, obwohl ich immer noch vollständig angezogen war.

"Weißt du, warum ich dich attraktiv finde?" Er hat gefragt. Ich war überrascht von der Plötzlichkeit und von der Frage selbst. Bis vor ein paar Stunden war ich mir sicher, dass er überhaupt kein Interesse an mir hatte.

„Nein – ähm –" Mir wurde klar, dass ich ihm etwas Ehre erweisen sollte, aber ich wusste nicht, was ich verwenden sollte, also habe ich standardmäßig „-Meister" verwendet. Das brachte ihm ein Kichern ein.

"Ich bevorzuge 'Sir', aber ich mag, wo dein Kopf ist."

"Oh. Darf ich fragen warum?"

kannst immer ‚warum' fragen. Normalerweise antworte ich sogar. Meister impliziert ein Maß an ... na ja, Beherrschung, von dem ich nicht glaube, dass ich es besitze so sehr. Beide scheinen ein Gefühl der Unfehlbarkeit zu vermitteln, das nicht ich bin."

"Oh. Okay, Sir. Nein, ich weiß nicht."

„Du bist stark, entschlossen, hochintelligent", er stand auf und kam auf mich zu, „und du hast ein ganz eigenes Selbstbewusstsein. Du suchst und tust, was dich glücklich macht, einfach weil es dich glücklich macht, Erwartungen an dich andere seien verdammt. Ich bewundere diesen Mut in dir." Mein Gesicht erhitzte sich bei seinem Lob und ich schwoll vor Stolz an. Es fühlte sich fantastisch an, so von ihm erkannt zu werden!

Trotzdem war ich neugierig, "aber das sind nicht wirklich sehr devote Eigenschaften, Sir?"

„Im Gegenteil, das sind die attraktivsten Eigenschaften, die ein Unterwürfiger haben kann. Jeder kann einen Schwachen dominieren. Es kann Spaß machen, aber es ist nichts Besonderes daran. Jemand, der schwach ist, hat wenig Kraft, sich dem Dominanten zu ergeben." Er streichelte leicht meine Wange, seine Fingerspitzen jagten Schauer durch meinen Kopf, "Aber wenn jemand Starkes seine Macht an eine Dominante abgibt... nun, das ist etwas ganz anderes." Seine Hand schlängelte sich zu meinem Hinterkopf und griff fest, aber nicht unangenehm in mein Haar. Ich stellte fest, dass ich mich nicht bewegen konnte, mich nicht abwenden konnte, wenn ich gewollt hätte. Ich wollte nicht, ich lehnte mich zurück in seine Hand und wollte mehr fühlen.

„Du hast so viel Kraft in dir, Erika", flüsterte er, sein Gesicht kaum mehr als einen Zentimeter von meinem entfernt. "Es zu fühlen, ist sehr berauschend für mich." Er atmete tief ein, wie ein Kenner einen guten Wein riecht. Seine Lippen verzehrten meine Sicht, so nah an meinen eigenen. Ich wollte sie noch einmal spüren , aber sein Griff in den Haaren direkt hinter meinem Kopf hielt mich fest an Ort und Stelle. Ich versuchte, mich nach vorne zu lehnen, mein Verlangen kämpfte kurz gegen seinen Griff um mich, bevor ich aufgab und mich wieder an seine Hand lehnen ließ. Noch nie in meinem Leben hatte ich mich so kontrolliert gefühlt. Seine Augen brannten sich in mich und mein Atem kam in kurzen Stößen. Ich fragte mich, ob sich meine Pupillen wieder erweiterten.

Dann ließ mich Richard los und trat zurück. „Zieh dein Oberteil und deinen BH aus", sagte er. Beiläufig, als hätte er gefragt, wie spät es sei.

Etwas daran ließ mich wieder rot werden. Ich wollte das. Ich wollte mehr fühlen und viel weiter gehen. Aber irgendwie machte es mich sehr nervös, den ersten Schritt zu machen und ihm meine Brüste zu entblößen. Stiche der Unsicherheit über meinen Körper krochen in die Ecken meines Geistes. Was, wenn ich für ihn zu sehr wie ein Wildfang aussah? Meine Hände reagierten nicht automatisch, um seinem Befehl zu gehorchen. Das wäre zu einfach gewesen. Stattdessen fummelten sie hinter mir mit dem Verschluss herum wie ein jungfräulicher Highschooler, der versucht, die zweite Basis zu erreichen. Endlich ging es auf und ich warf den BH zur Seite. Ironischerweise landete es direkt neben meinem Bett auf meiner abgelegten Kleidung von vor Stunden.

Ich liebe meine Brüste. Ich verehre sie absolut zu Tode. Ich liebe es, wie sie sich in meinen Händen anfühlen, ich liebe das Vergnügen, das sie mir bereiten, ich liebe das Gefühl der Freiheit, wenn sie nach einem langen Tag in einem BH frei herauskommen. Und gerade damals habe ich die Wirkung, die sie auf Richard hatten, absolut geliebt. Seine Augen klebten daran und er nickte leicht anerkennend. Vielleicht habe ich es mir eingebildet, aber ich könnte schwören, dass in seiner Hose eine Beule wuchs.

„Verschränke deine Finger hinter deinem Kopf und wölbe deinen Rücken leicht." Ich gehorchte schnell, hob meine Arme und drückte meine Brust heraus, um meine Titten so hervortretend wie möglich zu machen. Wieder fuhren seine Fingerspitzen über meine Haut, diesmal über meine Bauchmuskeln. "Halt dich still."

„Ja, Sir", versprach ich. Er glitt über meine glatten, harten Bauchmuskeln, gerade leicht genug, um bei seiner Berührung kleine Ranken der Lust durch mich zu schicken. Schauer durchfuhren mich, je höher er kam, Zentimeter für Zentimeter über meinen Bauch. Er neckte mich, ging quälend langsam und befühlte überall meine nackte Haut, außer an den Stellen, die ich wollte. Meine Brustwarzen wurden mit jedem Herzschlag härter und ausgeprägter. Sie schrien nach Aufmerksamkeit, gerieben und gekniffen und beglückt zu werden. Zu meiner Bestürzung übersprang er sie jedoch und konzentrierte sich stattdessen auf meine Arme und Schultern.

„Du hast exzellente Trizeps und Schultern", lobte er bewundernd. Das entschädigte fast für alle Hänseleien. Es gibt eine ausgewählte Gruppe von Dingen, für die Mädchen Komplimente von Männern bekommen, und diese Muskeln stehen nicht auf der Liste. Er mochte meinen Körper für das, was er war!

"Danke, Sir! Das sind Jahre Basketball und Schweiß im Fitnessstudio."

Schließlich umfasste er mit einer Bewegung beide Brüste. Sie dehnten sich in seine starken, festen Hände aus, als ich einatmete, und ließen mich vor Vergnügen nach Luft schnappen.

"Sind diese sehr empfindlich?" fragte er, als er meine Reaktion bemerkte.

„Normalerweise nicht so viel." Ich hatte große Mühe mich ruhig zu halten und mich nicht an ihn zu pressen. Er drückte leicht und genoss es offensichtlich genauso sehr, mich zu streicheln, wie ich es tat. Ich schloss meine Augen und saugte die Empfindungen auf. Meine Brust hob sich vor Vergnügen, als ich mich Richard präsentierte, um damit zu spielen, wie er wollte. Es fühlte sich gut an.

Meine Brustwarzen explodierten. Meine Augen platzten auf und ich krümmte mich, wobei ich einen seltsamen, stöhnenden Schrei ausstieß. Richard hatte meine hochgereizten Knospen zwischen seinen Fingern und er rollte sie nicht allzu sanft.

„Halt still", erinnerte er mich. Ich nickte, aber es war sehr schwer. Lust durchströmte mich, gewürzt mit etwas Schmerz, als er drückte. Jeder Impuls der Empfindung sandte einen Ruck nach unten zu meiner Klitoris. Ich fühlte mich wie sein Spielzeug. So wie mein Körper zu seinem Vergnügen existierte und mein Bewusstsein dazu diente, seinen Spaß zu steigern. Er zwickte und drückte und genoss es, mich zwischen lustvollen Seufzern und erschrockenem Jaulen wechseln zu sehen.

"Freude oder Schmerz?" er hat gefragt.

„Beides", keuchte ich, „es ist sehr intensiv." Er lächelte breit und ließ sie los, knetete meine Brüste, während er den Brustwarzen Zeit gab, sich zu erholen. Wenn überhaupt, war dies sogar noch intensiver als zuvor. Ein starkes Kribbeln konzentrierte meinen ganzen Fokus auf zwei empfindliche Punkte, als Blut in sie zurückfloss.

„Dein Gesicht ist wunderbar ausdrucksstark. Sehr echt. Zieh jetzt den Rest deiner Kleidung aus."

Diesmal gehorchte ich ohne Zögern. Meine Jeans und mein Höschen waren beide über meinen Hüften und meinen Beinen, bevor ich vollständig registrierte, was er gesagt hatte. Ich war so nass, so bereit für ein echtes Vergnügen, dass ich es kaum erwarten konnte, meine Muschi zum Spielen herauszuholen. Ich traf eine leichte Straßensperre um meine Waden. Mal im Ernst, wer auch immer Damenjeans entworfen hat, hatte nicht das schnelle Ausziehen im Sinn, schon gar nicht von athletischen Beinen. Schließlich stand ich völlig nackt vor Richard.

Ich erwartete, dass er mich noch mehr necken würde, aber stattdessen streichelte er sofort meinen Busch.

"Rasiere das vor unserem nächsten Treffen."

Okay, vielleicht war das eher neckend. Er gab meiner Muschi kaum Druck oder Kontakt, nur sanftes Streicheln und Ziehen an meinen Haaren. Es war sehr ablenkend. „Ich dachte, du magst ein paar Haare auf einer Muschi", sagte ich.

„Das tue ich, und das ist ziemlich nett. Allerdings werde ich deinen Körper lernen und lernen, wie er reagiert, also wird es sehr nützlich sein, eine klare Sicht auf dein Geschlecht zu haben. Außerdem schätzt du deinen Busch sehr, also rasiere ihn für mich wird eine tägliche Erinnerung an Ihre Unterwerfung sein."

Ich schluckte: „Ja, Sir." „Er muss spüren, wie nass ich bin. Komm schon, fick mich!' Ich versuchte, meine Hüften unauffällig nach vorne zu drücken, nur ein bisschen, aber er korrigierte seine Hand, bevor ich Kontakt bekommen konnte.

Richard setzte sich wieder und winkte mich nach vorn. "Knien." Ich war sehr dankbar, dass ich einen Teppich hingelegt hatte. Meine Antworten kamen schneller, mit weniger Nachdenken meinerseits. Es fühlte sich gut an, sich unter seine Kontrolle zu begeben. Ich musste nicht wirklich viel nachdenken, nur fühlen und genießen. „Spreizen Sie die Knie etwas weiter, kreuzen Sie Ihre Arme hinter Ihrem Rücken. Greifen Sie Ihre Unterarme so hoch wie Sie können." Er führte mich zu der Position, die er wollte, mit herausgestreckten Titten und weit gespreizten Beinen, und sagte, es sei „Exponierte Pose".

Ausgesetzt hat Recht. Heilige Scheiße, das ist heftig. Richard überragte mich wie eine Statue. Ich schaffte es nur bis zum dritten Knopf seines Gürtels. Immer noch vollständig in seinem frischen, sauberen Anzug gekleidet, blickte Richard auf meine völlige Nacktheit herab. Der Höhenunterschied fühlte sich für mich deutlich neu und seltsam an. Wir waren immer ähnlich groß, ich war es gewohnt, ihn auf meiner Höhe zu sehen. Jetzt hätte er genauso gut Zeus sein können, der auf dem Olymp sitzt. Darüber hinaus war die Pose selbst anstrengender, als ich gedacht hätte. Meine Knie gruben sich hart in den Teppich und meine Schultern waren unzufrieden damit, wie sehr sie aufgefordert wurden, sich zu dehnen.

Ich versuchte, alles, was ich fühlte, zu verstehen, gab aber auf. Zu sagen, dass ich mich bloßgestellt oder verletzlich fühlte, deckte es einfach nicht ab. Ich kniete zu Füßen meines besten Freundes auf dem Boden, weil er es mir gesagt hatte. Aber mehr noch, ich war hier, weil ich es wollte. Ich wollte ihm gehorchen, und als ich das so offen ausdrückte, fühlte ich mich nackter, als es der einfache Mangel an Kleidung erklären könnte.

Aber nein. „Verwundbar" impliziert eine Art wahrgenommene Bedrohung, nicht wahr? Das war nicht richtig. Ich fühlte mich absolut sicher, fest im Griff. Es war fast befreiend, sich so sorglos zu fühlen. Es fühlte sich einfach sehr ... offen an. Als wäre mein inneres Selbst zusammen mit meinem Körper zur Schau gestellt worden.

„Du bist wunderschön", sagte er zu mir, sieh anerkennend auf mich herunter. Es traf mich plötzlich, dass das Knien mich der Beule in seiner Hose viel näher brachte. Die sehr deutlich hahnförmige Ausbuchtung direkt unter seiner Gürtelschnalle. Ich leckte mir hungrig über die Lippen. Zwei Finger unter meinem Kinn lenkten meine Aufmerksamkeit zurück zu seinem Gesicht. "Freuen Sie sich."

"Was?"

"Du hast mich verstanden."

Meine Arme zuckten hinter mir. "Wie... masturbieren? Sir?"

"In der Tat."

Ja, alles, was ich gerade gesagt habe, um sich nackt zu fühlen? Vergiss das alles, dafür hätte ich mir diese Beschreibungen sparen sollen. Meine Finger glitten leichter zwischen meine Lippen als ein Schlittschuhläufer auf einer Eisbahn. Dieses erste lange, harte Gleiten über meinen Kitzler schien mein System zu schockieren und brachte mich von dem Gefühl, mich gehänselt zu fühlen, in die Bereitschaft zum Ficken! Ich dachte, ich würde auf der Stelle abspritzen.

Er bewegte sich von meinem Kinn, um meine Wange zu streicheln, spielte sanft mit ein paar Haarsträhnen.

"Du brauchst meine Erlaubnis, bevor du zum Orgasmus kommen kannst, mein Haustier." Ich stöhnte vor Vergnügen, die feuchten Geräusche meines Schlicks füllten den Raum. „Du gehörst jetzt mir. Deine Sexualität ist meine, mit der ich spielen kann. Ich entscheide, wann du kommst ... ob du kommst." Es ist völlig unfair, dass mich die Aussage, dass ich keine Kontrolle über meine eigenen Orgasmen habe, so sehr anmacht und mich dazu bringt, JETZT abspritzen zu wollen! Ich fühlte, wie es in mir kochte, der Druck, der das Bedürfnis nach Befreiung aufbaute. Es war alles zu viel, überwältigend, mit weit gespreizter Muschi zu knien und mich nach Lust und Laune selbst zu ficken.

Er sah aufmerksam zu, achtete genau auf meine Finger und bemerkte, wie ich meine Klitoris bevorzugte und zur Penetration überging, als ich kurz vor dem Abspritzen war. Als ich mich allmählich an das gewöhnte, was geschah, fügte er noch eine weitere Ebene hinzu.

"Schau weiter in meine Augen, schau nicht nach unten." Warum sollte ich nach unten schauen? Sein Gesichtsausdruck, als er mich ansah, war wunderschön. Seine Emotionen, die dort geschrieben wurden, ließen mich so besonders fühlen. Sein verspieltes, wissendes Lächeln war jedoch zurück. Dieses verdammte Lächeln, das immer bedeutete, dass er etwas wusste, was ich nicht wusste.

Ich hörte einen Reißverschluss. ‚Oh mein Gott, ist das? Hat er gerade?' Ohne hinzusehen, wusste ich instinktiv, dass sein Penis frei und Zentimeter von mir entfernt war. Ein Blick nach unten und ich würde es endlich sehen. Richards Schwanz ... wie viele Nächte war ich eingeschlafen und hatte davon geträumt, von ihm gefickt zu werden? Wie viele Unterrichtsstunden hatte ich geträumt, indem ich mir ihn nackt vorstellte? Jetzt war es soweit! Aber ich konnte es mir nicht ansehen. Es war so schwer zu gehorchen, dass ich unwillkürlich meinen Kopf senkte und ihn mit Gewalt wieder hochheben musste.

Natürlich wurde es nur noch schlimmer, als ich merkte, dass er sich selbst streichelte. Die Hitze zwischen meinen Beinen ging auf Hochtouren und ich ballte meine Finger zusammen.

„Bitte", wimmerte ich, „es ist so schwer, darf ich bitte nachsehen?"

„Ich genieße es, dich kämpfen zu sehen. Zu sehen, dass du Gehorsam über deine eigenen Wünsche stellst, ist sehr heiß. Du machst das gut." Er klang stolz. Stolz auf mich! Ich wollte stark für ihn sein, aber meine Hormone waren alle gegen mich. Ich hatte ihn zu lange zu sehr gewollt, es war eine Qual, das zu ertragen. Nur ein paar Zentimeter entfernt und ich würde seine harte Sanftheit spüren... Ich vermisste das Gefühl von vorher, die Freiheit, die ich gefühlt hatte, ohne kämpfen und Entscheidungen treffen zu müssen.

Also tastete ich statt nach seinem Schwanz nach seiner anderen Hand und führte sie zu meinem Kopf. Er verstand ohne Worte, ergriff erneut meine Haare direkt hinter meinem Kopf und hielt mich fest. Ich spürte sofort, wie eine Last von mir abfiel. Ich musste mich nicht mehr selbst überwachen oder mir Sorgen machen, ob ich gehorchen könnte. Ich schmiegte mich sanft an seinen Arm und genoss das Gefühl seiner warmen Haut an meiner Wange und die autoritäre Stärke seines Griffs.

Ich fühlte mich mit ihm verbunden. Zwischen uns schien sich eine Bindung gebildet zu haben, stärker als der physische Halt, den er an mir hatte. Als hätte ich ihm meine Stärke und meine Probleme gegeben und dass er stark für mich war, uns näher zusammengebracht. Es fühlte sich sehr intim an und sehr, sehr sexuell. Ich verbrachte mehr Zeit außerhalb meiner Klitoris als darauf, um nicht umzukippen. Ich will abspritzen. Jede Zelle in meinem Körper wollte abspritzen! Aber ich konnte auch spüren, wie sehr mein ständiges Zurückweichen von meiner Klitoris, weg vom Kommen, Richard anmachte. Ich wäre ihm gehorsam! Es war schwierig, aber ich bewegte mich weiter und schöpfte meine Genugtuung aus seinem schnelleren Atmen und seiner Gesichtsbefriedigung.

Ich bin mir nicht sicher, wie lange wir uns innig anstarrten. Die Zeit schien irgendwie amorph zu sein, als ob wir zusammen in einer Blase existierten, in der nichts anderes zählte. Ein Herzschlag nach dem anderen, ein Kreis über meiner pochenden und überempfindlichen Klitoris und ein leises Stöhnen an seinem Arm, das sich in einer Schleife vorwärts dreht.

"Wie fühlen Sie sich?" er hat schließlich eingecheckt.

"Ein wenig überwältigt, Sir. Aber auf eine gute Art!"

"Gut. Zeit, das Vorspiel hinter sich zu lassen." Ich schnappte nach Luft, als ich spürte, wie er meinen Kopf nach unten führte. „Du kannst jetzt so aussehen, wie du willst. Ich ging direkt in seinen Schoß!

Es ist schwer zu sagen, ob er meinen Mund zu seinem Schwanz führte oder ob er mich davon abhielt, meinen Kopf in seinen Schritt zu rammen. Es blitzte kaum an meinem Blick vorbei, bevor ich es zwischen meinen Lippen verschlang. Jeder Zentimeter seiner Männlichkeit, der in mich eindrang, schien mich mit Schwindel zu erfüllen, als hätte ich gerade das größte Spielzeug aller Zeiten entdeckt. Ich war fest entschlossen, so viel wie möglich davon zu spüren, jeden kleinsten Teil von ihm mit meiner Zunge zu erkunden. Sein Geschmack überflutete mich, kombiniert mit seinem Duft und seiner pulsierenden Erregung, alles gleichzeitig. Moschusartig, weiche Haut, die steinhartes Verlangen bedeckt, mit einem Hauch von salzig schmeckendem Vorsaft. Langsam lehnte ich mich zurück und fuhr mit meiner Zunge an seiner Unterseite von einer Seite zur anderen. »Es sollte hier sein, direkt unter dem Kopf ...« Er stöhnte hart und lang, als ich den Sweet Spot traf.

Ich war zutiefst zufrieden, dass ich diesen sexy Männerklang aus ihm herausholen konnte, direkt über seine dominante Selbstbeherrschung hinaus, aber ich hatte wenig Zeit, mir selbst zu gratulieren. Sein fester Griff um mein Haar drückte mich wieder nach unten, langsam tiefer und tiefer.

"Sag mir, wenn es zu viel ist."

Ich liebe es, Blowjobs zu geben. Ich liebe alles an Oralsex, aber Deepthroating war noch nie meine Stärke. Es waren noch gut fünf Zentimeter Schwanz hinter meinen Lippen übrig, als sein Kopf gegen meine Kehle schlug und seine führende Hand aufhörte, nach vorne zu drücken. Ich wollte mehr, ich versuchte mehr zu bekommen, aber meine verdammte Kehle hatte einfach nichts davon. Ich würgte hart und musste mich zurückziehen.

Er ließ mir keine Zeit, enttäuscht zu sein. „Das hat sich fantastisch angefühlt", strahlte er mich an, „dieses Mal wirst du mein Sperma schmecken."

Er führte mich in einen stetigen Rhythmus. Auf und ab, seine Hand auf meinem Kopf, hielt bei jedem Aufwärtshub inne, damit ich seinen süßen Punkt lecken konnte, bevor er mich wieder nach unten nahm. Es fühlte sich wirklich wie Führung und nicht wie Zwang an. Als wäre ich derjenige gewesen, der ihm den Blowjob gegeben hat, anstatt dass er einen von mir genommen hat, wenn das Sinn macht. Er zeigte mir einfach, wie es ihm am besten gefiel. Trotzdem ließ mich die Erfahrung zutiefst unterwürfig fühlen. Ich kniete vor ihm, als wäre er mein König, verehrte ihn, während ich ignorierte, wie viel feuchter das meine ohnehin pochende Muschi machte.

Ich war im Himmel. Ich summte tief in meiner Kehle, um seinen Schwanz vibrieren zu lassen, was mir ein weiteres befriedigendes Stöhnen der Lust von ihm einbrachte. Ich saugte ihn hart und schlampig und ließ meine Zunge ständig herumarbeiten, während sein Vergnügen zunahm. Ständige Ströme von Salzigkeit begleiteten schnellere, Kiefer füllende Pochen, als ich ihn lutschte. Ich tat mein Bestes, um Augenkontakt zu halten, sah auf und versuchte, mit meinem Gesichtsausdruck zu kommunizieren, wie sehr ich seinen Schwanz liebte, während ich mich nach innen konzentrierte. Es war wirklich viel Arbeit! Oben – schnell unter seinem Kopf lecken. Rutsche nach unten – fahre mit meiner Zunge über seinen ganzen Schaft. Unten an der Basis – summen Sie tief, lächeln Sie, ohne das Siegel zu lösen. Gleite wieder nach oben – sauge so fest ich konnte, um Druck auf seinen Kopf auszuüben. Wieder und wieder führte er mich auf und ab und beschleunigte mich sanft, als er näher kam. Ich wünschte mir, es gäbe eine Art Kiefermaschine im Fitnessstudio. Meine Zunge brannte und mir ging die Luft aus.

Lust, immer unkontrollierter, floss über sein Gesicht, bis er mich schließlich festhielt und mächtig zuckte. Ströme von heißem Sperma füllten mich, bedeckten meinen Hals und meine Wangen, während ich verzweifelt versuchte, ihn zu schlucken und gleichzeitig weiter zu lecken. Es schien wie ein endloser Strom, Strahl um Strahl schoss aus ihm heraus und überwältigte schnell meine Bemühungen, Schritt zu halten. Ich wollte gerade etwas verschütten, als er schließlich langsamer wurde und sich mit einem lauten Stöhnen nach hinten und aus mir beugte.

Ich genoss den Rest seines Spermas in meinem Mund. Ich mag den Geschmack und die Textur von Sperma nicht wirklich. Seien wir ehrlich, wer tut das? Aber es dort zu fühlen, das zufriedene Grinsen auf seinem Gesicht zu sehen und sich an das Gefühl zu erinnern, wie er zitterte und pulsierte, als er es mir gegeben hatte ... es fühlte sich wie eine Trophäe an. Ich hatte ihm das Gefühl gegeben, so großartig zu sein! Mein Körper hatte ihn so sehr angemacht, dass er seinen Schwanz lutschen musste, und er mochte meinen Kopf so sehr, dass er meinen Mund mit Sperma überfüllt hatte . Es ließ mich vor Stolz strahlen.

Gleichzeitig wuchs ein kleiner Schatten der Enttäuschung in meinem Hinterkopf, der direkt mit meiner triefenden und traurig leeren Fotze verbunden war. Wenn Richard am Ende war, würde ich heute Nacht nicht gefickt werden . Ich versuchte mir einzureden, dass es dumm und gierig von mir war, mich dadurch im Stich gelassen zu fühlen. Ich sollte an seine Bedürfnisse denken, vor meinen eigenen. Dafür hatte ich mich angemeldet. In der Tat, worum ich ihn praktisch gebeten hatte. Ich wusste es, aber trotzdem glaube ich nicht, dass ich mich jemals in meinem Leben so geil gefühlt hatte, nachdem ich eine so intime erotische Erfahrung mit ihm geteilt hatte. Ich wollte abspritzen, verdammt! Es war verdammt schwer, sich damit abzufinden, das loszulassen.

„Darin bist du ziemlich gut", Richard hatte sich wieder erholt und streckte mir eine Hand entgegen, „komm, deine Knie müssen dich umbringen." Sie waren es, obwohl ich es bis dahin nicht bemerkt hatte. Ich war zu sehr von zu vielen anderen Dingen abgelenkt worden.

Bevor ich mich jedoch richtig strecken konnte, fand ich mich vollständig vom Boden abgehoben und in Richards Armen drapiert. „Du hast mich heute sehr glücklich gemacht", flüsterte er mir ins Ohr, „du verdienst eine Belohnung." Mein Herz setzte einen Schlag aus, als er mich die kurze Strecke zu meinem Bett trug. Schwerelos in seinen Armen, fühlte ich mich hypnotisiert von seinen bodenlosen

Augen so nah. Es war wirklich nicht fair, wie er einen Schalter umlegen und meine Gefühle so überwältigen konnte.

Er legte mich mit Kissen hin, die meinen Kopf bequem stützten. Wieder über mir spielte er langsam mit meinen Haaren zwischen seinen Fingern. Obwohl ich immer noch nackt und er immer noch vollständig angezogen war, fühlte ich mich nicht ganz so nackt . Es fühlte sich ... intimer an? Komfortabel? Natürlich? Ich weiß nicht. Ich hatte Probleme, klar zu denken, meine Welt schrumpfte auf kleine Punkte zusammen. Die Flecken auf meinem Gesicht, wo seine Finger mich berührten, das Gefühl, als er mit meinem Pony spielte, die Stelle an meinem Hals, wo er mich küsste, die Seide unter meinen Händen, wo ich seine Brust rieb, und das allgegenwärtige Verlangen in mir das wurde von Minute zu Minute dringlicher.

Seine Finger fuhren meinen Körper hinunter, als er sich bequem zwischen meinen Beinen positionierte. Ich habe eine doppelte Aufnahme gemacht. Zwischen meinen Beinen! Er war so eingestellt, als würde er mich gleich verspeisen!

Er lachte und ich konnte seinen Atem auf meinen Oberschenkeln spüren. „Überrascht?"

"Ähm, ja, Sir." Er rieb meine Schenkel, spreizte meine Beine langsam so weit wie möglich und schickte Blitze der Lust direkt in meinen Kern. „Es ist nicht – *stöhn* – was ich erwartet hatte."

„Die Leute scheinen zu denken, dass Cunnilingus nicht männlich oder dominant ist. Nichts könnte weiter von der Wahrheit entfernt sein. Wenn du eine Marionette wärst, wären deine Fäden genau hier. Mit einem leichten Schubs –" er drückte einen Finger direkt zwischen meine Lippen, Ziehe es durch meinen Schlitz und direkt über meinen Kitzler. Mein ganzer Körper zuckte zusammen, als hätte mich der Blitz getroffen, und ich stieß einen überraschten und vergnügten Aufschrei aus : „Ich kann die bezauberndsten

Reaktionen aus dir herausholen. Es gibt nur sehr wenige Positionen, in denen ich eine direktere Kontrolle über deinen Körper ausüben kann ."

Er hatte recht. Ich wand und stöhnte, als er mich wie ein Musikinstrument spielte. Meine Lippen mit langen Bürsten durch mein Schamhaar zu necken, um mich erschaudern zu lassen und meine Hüften zu stoßen. Liebkosen meiner Oberschenkel mit sanftem Drücken direkt unter meiner Muschi, um mich zum Zittern und Pochen zu bringen. Bring mich zum Kreischen und wölbe meinen Rücken mit einem kurzen Kuss direkt auf meinen Kitzler. Er bearbeitete sie mit langen, langsamen Licks ganz nach oben und durch mich hindurch, wobei er jeden Zentimeter meiner empfindlichen Fotze mit seiner Zunge bedeckte.

Er war wie ein Forscher, der feststellte, wie ich auf Reize reagierte, und mit verschiedenen Druckniveaus und -kombinationen testete und experimentierte. Es ließ mich raten und mein Orgasmuspegel stieg und fiel wie ein EKG-Gerät. Jeder stetige Druck auf meinen Kitzler brachte mich innerhalb von Sekunden an den Rand und stellte ihn in eine Warteschlange, um sein Necken zu unterbinden. Es machte mich verrückt! Ich brannte vor Verlangen, lange über den Punkt der Kohärenz hinaus. Es fühlte sich so gut an. Alles an der Achterbahn der Stimulation fühlte sich so unglaublich gut an, dass ich nicht wollte, dass es aufhört. Ich wollte explodieren. Mein Hirn durch meine Fotze über sein ganzes Gesicht zu spritzen. Aber ich wollte auch, dass das ewig so weitergeht. Ich wollte nie, dass das Vergnügen endet.

Richard sah zwischen meinen Beinen erfreut aus und beobachtete mich genau auf meine Reaktionen. Immer so herzlich und aufmerksam zu mir ... selbst wenn er diese Aufmerksamkeit benutzte, um mich zu ärgern, fühlte ich mich dadurch besonders. Gesucht. Geliebt.

Auf einmal fühlte ich mich erfüllt. Heißes festes Fleisch von mindestens zwei Fingern drang in meine Muschi ein und schlug direkt gegen meinen G-Punkt. Ich bin noch nie durch Penetration gekommen, aber ich dachte wirklich, ich würde gleich kommen. Ohne es zu merken, machte ich ernsthafte Arbeit an der Schallisolierung der Wohnung und riss die Laken vom Bett. Ich stieß hart nach oben, um seine Finger zu treffen, wollte sie so tief wie möglich in mir spüren – wollte so viel von ihm in mich hineinziehen, wie ich konnte. Er drückte mich fest nach unten und überwältigte mich leicht mit seiner Kraft.

Richard begegnete meinem Blick und senkte langsam und bewusst den Mund. "Komm so viel und so hart wie du kannst", sagte er mir direkt zwischen meinen Beinen. Dann wurde mein Kitzler hart in seinen Mund gesaugt. Er saugte mich tief und leckte mich hart, jede kleine Erhebung seiner Zunge schickte eine Vibration der Lust direkt in meinen Kern. Ich habe nicht länger als drei Sekunden durchgehalten. Ich kam. Hart. Es war wie eine Bombe, die tief in mir explodierte und bei jeder Kontraktion immer wieder explodierte. Wellen reiner Ekstase brachen durch mich hindurch und füllten jeden Zentimeter von mir, von meinen Zehen über mein Gehirn bis tief in meinen Verstand.

Ich kam und kam und kam und klammerte mich so fest an seine immer noch zustoßenden Finger, dass ich glaubte, ich könnte seine Fingerabdrücke fühlen. Meine Klitoris pochte so heftig in seinem Mund, dass ich dachte, er würde sie schlucken. Er hörte nie auf zu hämmern und erzwang einen weiteren Orgasmus direkt nach dem ersten. Ich fühlte, wie ich dahinschmolz, mein Verstand leicht verschwommen wurde und meine Sicht an den Rändern verschwamm.

Langsam, mit mehreren Nachbeben und Rückfällen, brannte das Lauffeuer aus. Alles schien leicht verschwommen, als ich zu mir zurückkam, fast so, als hätte ich ein paar Schnaps getrunken. Mir wurde klar, dass ich Richards Kopf fast zwischen meinen Schenkeln zerquetscht hatte. Ich hatte nicht einmal bemerkt, dass ich sie geschlossen hatte! Außerdem könnte ich meine Brüste ein wenig geprellt haben. Wieder war mir nicht einmal bewusst, dass ich sie gequetscht hatte.

"Wow... das war verdammt geil."

TEIL 5

Kurze Zeit später löffelten wir gemeinsam unter der Decke. Der gleichmäßige Rhythmus seiner Atmung während er schlief, war beruhigend und machte mich schläfrig, aber ich wollte immer noch nicht schlafen.

Wir hatten über alles geredet, was passiert war, und uns gegenseitig nach Details gefragt, wie der andere sich gefühlt hatte. Ich war besonders daran interessiert zu hören, wie stark Richard sich gefühlt hatte, als er meinen langsamen Streifen dirigierte. Anscheinend war Berührung eine mächtige Form der Kontrolle, und die freie Hand, mich zu berühren, während ich mich zurückhielt, machte die Dom/Sub-Dynamik realer. Es war sehr interessant, seine Perspektive zu hören, aber noch mehr war es herrlich, mit ihm ein Bett zu teilen.

Endlich hatte er seinen Anzug ausgezogen! Seine nackte Brust drückte sich an meinen Rücken und seine nackten Beine umschlang meine. Ich war schon immer ein absoluter Kuschelfan. Haut-auf-Haut-Kontakt hat starke Auswirkungen auf meine Emotionen.

Als ich mich endlich satt fühlte, hatte ich das Gefühl, ich sollte analytischer sein. Hatte ich all diese Dinge wirklich getan? Es hatte sich so leicht angefühlt, in die Rolle zu schlüpfen, so natürlich, mit dem Strom zu schwimmen. Eine Stimme in meinem Hinterkopf wiederholte Cathys Worte über Gehorsam. Was könnte ich tun? Vielleicht hätte es mich damals beunruhigen sollen, aber das tat es nicht. Ich fühlte mich zu gut, um mir Sorgen zu machen.

Ich schlief ein und hielt Richards Hand fest an meiner Brust. 'Mine!'

ENDE